LE VA-ET-VIENT

PREMIÈRE SÉRIE

OUVRAGES DU MÊME AUTEUR

Poésies. 1 volume; Poulet-Malassis, 1859.

Rosine Passmore. 1 vol.; Dentu, 1861.

Les Demi-Vertus. 1 vol.; Dentu, 1862.

Si jeunesse pouvait. 1 vol.; Brunet, 1862.

Windsor. 1 vol.; Dentu, 1863.

Contes accélérés. Hachette, 1865.

De Liége à Anvers, en passant par la Hollande. Hachette, 1866.

Amours du Nord et du Midi. 1 vol. — Armand Le Chevalier. 1866.

EN PRÉPARATION

La Famille du Parlementaire.

La Ville et la Maison.

Au jour le jour.

Théâtre humoristique.

Paris, imprimerie Jouaust, rue Saint-Honoré, 338.

LE VA-ET-VIENT

PAR

LOUIS DÉPRET

PREMIÈRE SÉRIE

Notices littéraires

Impressions philosophiques

Voyages

PARIS

ARMAND LE CHEVALIER, ÉDITEUR

61, RUE DE RICHELIEU, 61

LE VA-ET-VIENT

A M. AUBAN-MOET

Cher monsieur,

Ceci n'est point une Revue, ni un *Magazine*, mais simplement l'échafaudage d'un assez gros livre. Ce livre, j'aurais préféré le publier en entier, d'un seul coup, si le destin inévitable des longs ouvrages, en 1866, ne sautait aux yeux. Et puis, j'ai souvent eu du bonheur avec ces petites choses. Mon projet, dont voici le spécimen, serait, tout en évitant une symétrie exclusive, de faire alterner dans chaque livraison un récit de voyage avec un portrait ou une histoire littéraires. Je n'aurai garde d'oublier mon cher et glorieux pays dans tout ce vagabondage; cependant vous voilà prévenu que nous passerons souvent la frontière. J'ai tenu, cher monsieur, à ce que dans la première série, qui vous est affectueusement dédiée, figurât ce coin de France d'où j'ai rapporté l'amitié d'un cœur d'élite, et d'un esprit si bienveillant, dans son goût raffiné, que je n'ai aucun embarras à lui offrir ces notes familières.

Bien à vous,

Louis Dépret.

LONGFELLOW [1]

I

Avant d'écrire ces lignes, je voulais seulement offrir à quelques passionnés amis de la véritable

(1) *Poetical Works of Longfellow*, chez B. Tauchnitz, à Leipzig, 3 vol.

1.

poésie plusieurs extraits de Longfellow. Ce soir, en prenant la plume afin de louer cet excellent poëte du souvenir, je suis moi-même assailli par le passé. Pour dépeindre à merveille l'étrange émoi de mon cerveau, je n'aurais que l'embarras du choix parmi les nombreuses peintures que Longfellow a faites d'un jeune homme, à la mémoire très-fidèle, au cœur trop sensible, qui rêve, les pieds au feu et le coude appuyé sur une table chargée de gravures, de lettres et de livres, aux jeunes filles et aux vieilles espérances d'il y a dix ans. A ce nom de Longfellow, je vois se dresser, dans le crépuscule matinal de ma seizième année, la statue fantastique de l'honneur littéraire.

Je ne dois pas seulement à Longfellow le bienfait des impressions produites sur moi par ses vers; je lui dois une part de mon premier orgueil et de mon meilleur étonnement d'écrivain. Vers la fin de 1855 (à peu près le jour même que mourait le banquier poëte Samuel Rogers), je tombai, fort jeune encore, en plein Christmas, dans l'infini de Londres. Pour savoir et montrer combien Londres est grand, ce n'est point assez de le déclarer plus vaste que Paris, d'additionner rues et maisons, de dire : Londres a trois millions d'habitants! Il ne suffit pas davantage de l'avoir foulé en *excursionnist* à l'aurore tumultueuse d'une exhibition; il faut y avoir résisté aux bruines d'un long hiver; il faut, cinq mois durant, avoir entrevu, montant jusqu'aux nuages, par les grises journées, le dôme de Saint-Paul, la tour du Parlement, et dix mille autres tours, mais non pas un autre dôme; il faut s'être attardé quelquefois, passé minuit, dans l'inimaginable horreur de ses carrefours, et même de ses grandes voies et de ses alcazars funèbres. Je ne dis pas que vous y retrouverez l'humanité sous un aspect fait pour vous consoler d'être homme; au contraire, il faut plutôt attendre que vous en emporterez une tenace mélancolie, assez justement comparable à la tristesse d'un pêcheur qui se trouverait seul au milieu de la plus sinistre des mers, sans la pleine vue du ciel, sans l'adorable voix des flots. Le sourire est une fleur étrangère au sol de Londres; rencontrer un visage connu, donner et recevoir un furtif bonjour, dans cet incessant va-et-vient d'ombres humaines, est une bizarrerie. On se dit: « La gloire, la renommée, sont des mots qui ne figurent pas au dictionnaire de cette nation, et il doit être pauvre et inconnu celui qui a écrit ce dictionnaire! » On se demande, avec l'ironie du découragement suprême: « Que pourrait-on inventer qui fasse retourner une seule de ces têtes, tendues vers la Banque, vers le railway, vers le charbon? Quelle maladie affligeait donc Shakspeare, Byron et Walter-Scott? » Voilà Londres.

Pourtant, dans ce Londres infernal, en décembre 1855, il n'est pas une de ces têtes tendues qui ne se fût penchée la veille au soir, ou fait semblant de se pencher, sur un livre nouveau, sur un livre de vers, poëme issu de loin et reçu en frère, honoré comme le roman plein de joie et de larmes du grand Dickens, comme la maîtresse histoire de Macaulay, populaire comme les récits de Sébastopol ; nous sortions alors de la guerre de Crimée.

Nous sommes chez un peuple de marchands et non d'artistes et de flâneurs; peut-être m'objectera-t-on : « Cela s'explique, et ces gens ont besoin d'aller demander aux livres les jouissances idéales qu'ils ne sauraient trouver au dedans d'eux-mêmes. » L'erreur serait grave : comment ignorer que la poésie vit seulement dans l'amour qu'elle inspire et par lui ? Le livre qui, en des circonstances adverses à l'épanouissement poétique, sut, à plus de mille lieues du sol qui l'avait vu naître, charmer toute l'Angleterre, je ne l'ai pas encore nommé. C'était un poëme indien intitulé : *The Song of Hiawatha* (*la Chanson d'Hiawatha*), par Longfellow.

Pourtant, nulle palpitante actualité, pour parler le langage de nos libraires, ne plaidait en faveur « de ces légendes, de ces traditions, venues de la terre des Ojibways, venues du pays des Dacotahs (1), et recueillies sur les lèvres de Nawadaha, le musicien, le doux chanteur. »

C'était un spectacle charmant (j'y assiste encore d'esprit et de cœur) celui de ces groupes de jeunes filles au visage mince, à l'œil profond, aux boucles blondes, écoutant sans surprise, et comme l'écho de leurs pensers antérieurs, ces nouvelles aventures, venues de si étranges et lointains pays. Un tiers du livre est fait de mots inintelligibles, imprononçables pour nous, et qui ont, au jugement de l'auteur lui-même, exigé l'addition d'un petit lexique à l'usage de ceux qui, comme nous, ignoraient que *kabibonok'ka* veut dire : *le vent du nord*, et *baim-wa-wa* : *le tonnerre*. Voilà bien des embarras, bien des complications radicalement hostiles à la simplicité de la véritable poésie, et qui témoignent de sa toute-puissance, lorsqu'elle en triomphe.

On aura beau écraser l'une sous l'autre des pyramides de théories, elles ne prévaudront jamais contre le fait que voici :

Il y a d'une part les poëtes qui nous prennent dès le berceau, ou à l'entrée de la jeunesse, et que

(1) Un journal du Canada nous informait tout récemment que le *Dacotah*, qui s'étend à l'ouest de Minnesota (l'un des nouveaux comtés, et non le moins prospère des États-Unis), a été organisé en 1861. Sur son territoire, de 81,250,000 hectares, dont la plus grande partie est incolonisable, vivent 44,601 habitants, dont 39,664 Indiens.

(*Canadian-News*.)

nous n'abandonnons jamais. La langue qu'ils parlent nous a soudainement saisis comme l'expression éternelle du monde muet qui vit dedans nous; ils nous ont paru eux-mêmes être la voix de ce qui n'avait jamais parlé avant eux; puis nous les avons aimés. Ce qu'ils ont dit fait désormais partie des trésors inaliénables de notre âme. (Voyez comme les gens d'affaires ont raison de ne pas se fier à nous : un trésor qui se compose de mots!) Ces poëtes-là, nous les récitons par cœur, à travers les rumeurs de la vie, malgré les chocs de la destinée, à la table de nos amis, aux genoux de notre maîtresse.

Il y a, d'autre part, les poëtes qui n'ont jamais eu le temps de connaître ceux dont je viens de parler, s'étant toujours admirés eux-mêmes, avec tentative de tapage le plus souvent; mais ce n'est pas leur faute si les vitres qu'ils cassent vont choir sur des matelas, et s'ils ne réussissent pas même à faire savoir à personne qu'ils meurent d'envie d'être connus; bref, il y a des poëtes dont nous disons, pour nous en débarrasser : « Quel talent ! » mais qui *ne nous disent rien.*

Je ne vais pas aborder maintenant cette insipide banalité, qu'il y a en prose d'aussi bons et d'aussi grands poëtes qu'en vers.

Donc, en décembre 1855 tout Londres, toute l'Angleterre était tout admiration et tout oreilles pour le poëte américain Longfellow, l'auteur du *Song of Hiawatha;* et nous, à dix-huit ans, frais sorti d'un collége de France, remontant toute la série des œuvres d'un homme jusque-là de nous inconnu, il nous sembla entrer par une porte d'or dans le riche domaine de la poésie anglo-saxonne. Ce n'est pas une petite excitation d'entendre revenir le même nom propre au bout de chaque phrase d'une langue qu'on ne comprend pas encore. On me donna d'abord à lire, et je lus et relus d'un bout à l'autre, lentement, ce fameux *Song of Hiawatha.* Or, bien que je sois un indifférent appréciateur des mérites de l'école pittoresque, malgré l'abus de mots indiens qui me forçaient de recourir, à chaque dizaine de vers, à l'indispensable lexique, je fus ébloui, charmé et touché; jamais on n'avait prêté ce frisson humain au frémissement des branches, aux vibrations de l'air. A cette époque, Longfellow était peu connu en France, si j'en excepte quelques rares articles de revue et la traduction de divers contes en prose dans nos journaux illustrés. Tandis qu'en Angleterre tout le monde, hommes, femmes, enfants, vieillards, savaient par cœur, avec un ensemble qui ne peut se comparer qu'à l'universelle popularité de certains proverbes (ou, pour prendre un exemple chez nous, qu'à la vie immortelle de certaines fables de La Fontaine), douze ou quinze de ses pièces fugitives. Tout Anglais dilettante a composé une musique sur *Excelsior*. Triomphe suprême du poëte, il était loué par les femmes, j'entends les vraies femmes, les mères, les amantes et les fiancées. On montrait à lire aux petites filles dans ce lyrique *Excelsior*. Au temps dont je parle, un succès ne nuisait pas à l'autre. Les derniers volumes de l'*Histoire d'Angleterre*, par Macaulay, qu'une mort prochaine devait ravir à l'Europe affligée, venaient de paraître; et, dès l'aurore, les portes du libraire étaient assiégées, sans faire tort à l'inépuisable vogue de Dickens, dont le *Little Doritt* se publiait alors en livraisons mensuelles, et suscitait, dans certains groupes, d'ardentes récriminations étrangères à la critique littéraire. Quelle souhaitable race de lecteurs que ces Anglais! C'est merveille de les voir unir à leur instinct proverbial du calcul une religion poétique si fervente, de les voir faire dans leur vie sans élan une part si large à l'amour! D'ailleurs Longfellow méritait sa gloire.

Ce n'est pas une petite chose, en effet, que de savoir remuer l'âme humaine, et d'être un grand poëte autrement que Gœthe, Byron, Victor Hugo, Lamartine, Musset, Gautier et Henri Heine. La gloire propre de Longfellow, c'est que nul n'a su mieux que lui unir à la pénétration intime de toutes choses, de la nature et de l'âme, l'art de rendre leur véritable accent à toutes les voix qu'il fait parler; nul ne prête une langue plus humainement attendrie à un aussi pur idéalisme. Sa poésie a courageusement bravé tous les périls, toutes les fatigues d'un précoce hymen avec le labeur du professorat, sans rien perdre de sa fraîcheur de vierge, de son originalité native.

Dans l'École anglaise proprement dite, depuis la mort du dernier lakiste, on ne cite plus guère que Tennyson, pour lequel nous professons une estime sans enthousiasme; il est, depuis quinze ans, le seul poëte anglais national vivant en honneur à Londres, dans ce Londres si ingrat envers lord Byron. En France, à part six ou huit noms indiscutables et stéréotypés au service de la moindre allusion à notre poésie contemporaine, quel grand poëte nous est né depuis quinze ans? On affirme que jamais pourtant, dans notre France, les versificateurs ne furent aussi nombreux ni aussi habiles qu'aujourd'hui. C'est une appréciation; je ne la conteste pas; je me borne à laisser aux stériles luttes de prétendues écoles, aux indignes critiques, à l'introduction violente dans l'art d'écrire d'éléments et de conditions hostiles à cet art, à la mutuelle inimitié des écrivains qui les a fait se jeter aux pieds des peintres et des musiciens, la responsabilité de la décadence de l'invention poétique et littéraire chez nous.

De quelque façon que vous définissiez le poëte; soit que vous donniez ce nom à l'homme qui revêt d'une forme plus ou moins savante, mais pratiquée avant lui, des aventures nouvelles, des idées et des sentiments individuels, ou que nul n'a mis plus que lui en relief; ou bien à l'homme qui réveillera, aux échos sonores d'une éloquence toute personnelle, les idées et les sentiments qui sommeillent dans le cerveau et le cœur des hommes, Longfellow est un vrai poëte; son émotion toujours sincère n'a rien à voir avec notre banal savoir-faire en matière de rimes et d'enjambements.

J'ai quelque droit à parler de ces choses : mon premier amour, amour plein de douleurs et d'irréparables sacrifices, a été la poésie. Aujourd'hui encore, je ne sépare pas la poésie de l'amour. Tous deux non-seulement composèrent mes songes de bonheur, mais sont demeurés les premières nécessités de ma vie réelle. Depuis ma première enfance, jusqu'après le jour où, bachelier désœuvré, je me posai à moi-même cette terrible question : « Que vas-tu faire maintenant? » j'ai écrit beaucoup de vers, avoués ou cachés, sur la liberté, sur les yeux bleus des cousines de mes amis. Au lendemain poétique et assoupi des bals nocturnes, j'épanchais mon émoi en strophes mélancoliques; je n'étais pas un ciseleur, cela est vrai, et peut-être me l'a-t-on reproché. Je m'en suis consolé avec les vers des autres; j'en avais toujours sur les lèvres. Presque chaque matin, je m'éveillais sur un mot de telle pièce non-seulement d'Hugo, de Lamartine et de Musset, mais de n'importe quel auteur moins illustre, et même d'un ami entièrement inconnu du public; et pour toute la journée j'appartenais à cette pièce; elle était l'hôte de mon cœur, elle y chantait pour lui seul. Je m'enfermais dans une chambre, ou bien j'errais sur les bords solitaires et silencieux de la Deule, et je me récitais tout haut, jusqu'à douze et quinze fois, les strophes aimées; mais alors je veux que chaque *mot* soit un *monde ;* qu'il voltige autour du premier vers un souffle qui m'avertisse et m'échauffe; que je respire un air nouveau. C'est le triomphe de l'âme que je demande là, tout simplement, je le sais bien. La gloire de Longfellow est de réaliser pleinement ce triomphe. C'était aussi la gloire de Musset, malgré des airs de débauche; et c'est ainsi qu'il nous est permis de rapprocher sans violence le poëte de la désespérance et celui de la résignation, parce qu'avant tout, l'un et l'autre sont poëtes. J'ai dit que Longfellow avait d'abord pénétré en France par quelques nouvelles très-courtes. *Hypérion* et *Kavanagh* sont, à proprement parler, des poëmes, moins la rime et le rhythme; il n'y aura donc pas de lacune en notre étude, si dans Longfellow, nous nous abstenons d'analyser minutieusement le prosateur, et si nous le confondons avec le poëte. Nous avons déjà eu l'occasion d'esquisser brièvement, dans la *Revue de l'Instruction publique*, la biographie de Longfellow. Il est né en 1807, à Portland, ville du Maine américain; son père appartenait au barreau de cette ville. Il fit de complètes et brillantes études au collége Baudoin, dans le Nouveau-Brunswick, et avant d'en sortir, comblé d'honneurs universitaires et entouré de l'estime et de l'affection générales, il s'était déjà révélé par de remarquables vers disséminés dans les principales *Reviews* du pays. Depuis, l'étude et les voyages n'ont cessé de se partager sa vie. Il travailla quelque temps dans *l'office* paternel, puis à vingt-deux ans il fut appelé à occuper une chaire de littérature moderne, créée récemment et, on le supposerait, exprès pour lui, dans ce collége Baudoin dont il avait été l'orgueil. Il se prépara à justifier cet imposant honneur par un pèlerinage à travers le vieux continent. Il séjourna en France, en Italie, en Allemagne, en Suisse, en Hollande et en Belgique. Bruges paraît l'avoir surtout frappé; une pièce admirable : *le Beffroi de Bruges*, que nous traduirons dans le cours de ces études, reproduit fidèlement ce murmure héroïque qui est l'accent particulier de la rêverie de Longfellow.

Sept ans plus tard, le professeur-poëte fut appelé dans les murs du Cambridge américain, dont il avait été question de faire la capitale des Massachussets. A cette occasion la vieille Europe revit Longfellow. Il s'arrêta surtout en Angleterre, en Danemark et en Allemagne. Puis il se retrancha exclusivement dans ses travaux, et ne s'absenta plus que pour une petite excursion de santé. Pour Longfellow, très-versé dans les littératures et les langues principales de l'Europe, ces stations sur notre continent n'avaient rien des tristesses de l'exil, et elles contribuèrent à prouver la souplesse et l'originalité de son génie. Reconnaissant de l'hospitalité de l'ancien monde, il a semé, dans le cours de son œuvre, quelques traductions de poëtes allemands, suédois, italiens et espagnols. C'est à titre d'exception, forcée au premier aspect, que cette introduction d'éléments étrangers sera invoquée comme un argument de plus en faveur de l'intimité et de la personnalité de l'œuvre générale. Le dépérissement de la transplantation n'est jamais visible dans l'attitude de ces fleurs d'un autre climat; au contraire, elles y trouvent un épanouissement nouveau : c'est qu'elles n'ont pas été étouffées dans une serre étroite, mais confiées à un terrain libre et fertile sous la chaleur du soleil levant. Le caractère des originaux et l'accent propre de Longfellow brillent à la fois unis et distincts dans ces poésies traduites ; il en résulte une saveur irrésistible et un nouveau genre d'harmonie. Ce don de s'assimiler autrui, sans le dissoudre et sans s'effacer soi-même, n'est-il pas la marque d'une vigueur et d'une adresse bien rares chez une nature si studieuse et si tendre ?

II

Passons à l'analyse des trois volumes de poésies de Longfellow. Nous pratiquerons ce travail sur l'excellente édition de Tauchnitz de Leipzig, dans sa collection des auteurs anglais. Ils sont heureux les romanciers, les poëtes, les historiens et les philosophes de Londres, d'Oxford et d'Édimbourg, ils sont heureux d'être à ce point assurés d'un cercle immense de lecteurs dans le présent et dans l'avenir, et partout le globe, grâce à la commodité, à l'élégance, à la correction elzévirienne, au bon marché, au beau format de ces petits volumes chaque année épuisés, aussitôt renouvelés, grâce aux catalogues composés avec une netteté de typographie digne de l'intérieur du volume. Le premier de Longfellow s'ouvre sur une très-belle gravure représentant l'auteur. Le port de tête est d'une noblesse idéale; l'austérité des lignes du visage est adoucie par la rêveuse mansuétude des paupières, abritant une prunelle qui reluit comme l'acier. Le puritanisme de l'Anglo-Américain, soldat du Christ, prêt à mourir la Bible sur son cœur, s'y confond heureusement avec les tendresses de l'époux et la bonté du père. Victor Hugo excepté (car il est sans rival dans ce genre), nul n'a mieux parlé des enfants que Longfellow. J'aurais voulu que l'éditeur eût jugé à propos de publier aussi le dessin de l'intéressante maison que Longfellow habitait il y a huit ans, et qu'il habite peut-être encore aujourd'hui, près de l'*Harward University*. Cette maison servit jadis de quartier général à l'homérique Washington.

Ce premier volume renferme : les *Voix de la nuit* et les *Premières Poésies*, qui préparèrent la renommée de leur auteur; viennent ensuite les *traductions*, *ballades*, *miscellanées*, *poëmes sur l'esclavage*, *chansons* et *sonnets* qui, à mesure de leur apparition, placèrent Longfellow à son rang légitime, c'est-à-dire au premier.

Dans cette première partie, on peut citer comme autant de chefs-d'œuvre : *Exelsior*, le *Psaume de vie*, la *traduction* de *Coplas de Menrique* et le *Beffroi de Bruges*, dont voici quelques strophes, privées du magnifique élan de l'original, mais pénétrées encore, et malgré tout, de son souffle ·

LE BEFFROI DE BRUGES.

« Sur la place du marché, à Bruges, se dresse le beffroi vieux et sombre ; trois fois incendié et trois fois rebâti, il veille toujours sur la ville.

« Un matin de printemps, j'escaladai cette tour altière ; le monde se dépouillait des ténèbres comme des robes du veuvage.

. . . .

« Pas un bruit ne s'élevait de la ville à cette heure matinale, mais j'entendis un cœur de fer battre dans l'ancienne tour.

« Dans leurs nids, sur les hautes solives, chantaient les hirondelles sauvages, et le monde endormi sous moi me paraissait plus lointain que le ciel.

« Bientôt, harmonieuses et solennelles, évoquant les fastes d'autrefois, résonnèrent les cloches mélancoliques, avec leurs variations étranges et surhumaines.

. . . .

« Les visions des jours envolés, les fantômes de jadis envahirent mon cerveau, et ceux qui ne vivent plus que dans l'histoire redescendirent en ce monde pour moi.

« Tous les forestiers des Flandres, le puissant Baudoin Bras de fer, Lyderick de Bucq, et Cressy, Philippe, Guy de Dampierre.

« Je revis les pompes splendides de ces jours disparus, les riches dames fastueuses comme des reines, les chevaliers qui portaient la Toison d'or.

« Les marchands vénitiens et lombards aux navires regorgeant de trésors; les ministres de vingt nations déployant un luxe plus que royal.

« Je vis le fier Maximilien humblement agenouillé sur le sol. Je vis la douce Marie chassant avec son faucon et son chien.

« Et sa pompeuse chambre nuptiale, où un duc coucha avec la reine, une garde armée autour d'eux, et une épée nue entre eux.

« Je vis les tisserands flamands, enorgueillis par Namur et Juliers, regagner leurs foyers, après la sanglante journée des Éperons d'or.

« Je vis la lutte de Minnewater; je vis les chaperons blancs se retirer vers l'ouest; je vis le grand d'Artevelde, victorieux, escalader le nid du Dragon d'or.

« Puis de nouveau l'Espagnol barbu vint frapper le pays de terreur; de nouveau le cri d'alarme gémit de la gorge du tocsin. »

Maintenant on a vu Bruges (*Formosis Bruga puellis*), on connaît son histoire.

Au milieu de ce premier volume, voici un drame splendide, *l'Etudiant espagnol*. C'est à un conte de Cervantes, la *Gitanilla*, qu'en remonte l'idée mère, souvent exploitée par les faiseurs, lumineusement développée par Longfellow. C'est l'histoire des romanesques et malheureuses amours d'un bachelier de Madrid et d'une danseuse gypsy. Le drame a trois parties; cela suffit: on n'analyse pas une sérénade interrompue par un coup de carabine. La Gypsy Preciosa, idolâtrée par son amant, est un ange soupçonné dont l'archevêque de Tolède a admiré la grâce et subi le prestige inouï, en se plaignant peut-être de sa Grandeur... Les Lara et les Carlos ne manquent point à ce drame, et n'appartiennent pas à Longfellow. Ce qui lui appartient, c'est la fascination des caractères, c'est la magie du poëme ; il y en a pour une nuit d'ivresse enchantée, d'oubli de la réalité mauvaise, à le lire. Nous en détachons ce portrait de la Gypsy...

Scène I. — LE COMTE DE LARA, DON CARLOS.

(Ils s'entretiennent d'une grande fête donnée la veille.)

Don Carlos. — ... Et, naturellement, la Preciosa dansa cette nuit ?

Lara. — Et jamais elle ne dansa mieux. Elle redescendait sur terre après chaque élan, légère et brillante, à la façon d'un rayon de soleil descendant sur l'eau. Je trouve cette fille merveilleusement belle.

Don Carlos. — Belle d'une beauté surhumaine ! Je la vis hier au Prado ; elle a la démarche d'une reine et la figure d'une sainte du paradis.

Lara. — Une sainte ne peut-elle choir de son paradis et cesser d'être sainte ?

Don Carlos. — Pourquoi cette demande ?

Lara. — Parce que j'ai ouï dire que cette sainte est déjà tombée, et que, malgré son aspect virginal, Preciosa est au fond une pécheresse.

Don Carlos. — Vous l'outragez, en vérité; elle est aussi vertueuse que belle.

Lara. — Candide! Hé quoi, pauvre ami, alors qu'il n'y a pas une seule femme vertueuse dans tout Madrid, dans toute la ville, vous me voulez bailler comme un type de sagesse une danseuse qui, chaque nuit, se montre demi-nue pour de l'argent, et brûle par ses gestes voluptueux le sang des jeunes hommes imprudents!

Don Carlos. — Vous oubliez que c'est une Gypsy!

Lara. — D'autant plus facile à conquérir, alors.

Don Carlos. — C'est-à-dire, nullement à conquérir. La seule vertu que prise une Gypsy, c'est la chasteté. C'est sa seule vertu, vous entendez, et elle lui est plus chère que la vie. Il me souvient d'une Gypsy, créature éhontée et vile, dont le métier était de livrer à la débauche la jeunesse et la beauté. Pourtant cette misérable était personnellement incorruptible. Un jour, un noble seigneur, séduit par sa beauté, la sauvage et diabolique beauté de sa race, lui offrit à prix d'or de devenir elle-même ce que tant d'autres devenaient par ses soins. Elle se tourna sur lui d'un air de grand mépris, et le frappa au visage (1)...

A notre littérature, Longfellow a seulement

(1) « Nous avons dit que les Bohémiennes étaient sobres; si nous ajoutons qu'elles sont chastes, personne ne nous croira; c'est pourtant la vérité; leur vertu passe en Russie pour invincible; aucune séduction n'en peut venir à bout, et des seigneurs jeunes et vieux ont dépensé avec des Bohémiennes des sommes fabuleuses sans en être plus avancés. » (Th. Gautier, *Voyage en Russie.*)

Livre des plus intéressants où l'illustre poëte a commis pourtant de graves oublis; si la Russie a le droit d'être fière de Zichy et des Vendrediens, elle s'enorgueillit aussi de Pouchkine, Gogol et Tourguenef.

emprunté *le Printemps*, de Charles d'Orléans, et *l'Aveugle de Castel Cueillié*, par Jasmin, dont il accompagne la traduction d'un fragment anecdotique du voyage de Louisa Stuart-Costello dans les Pyrénées.

Le premier volume, déjà si riche, contient encore le premier essai de Longfellow dans l'épopée familière, encadrée par la majesté séduisante du paysage américain. C'est *Évangéline.* L'action se passe au village de Grand-Pré, dans la contrée Acadienne, sur les bords du bassin de Minas. Allez pleurer, âmes tendres, à l'histoire si touchante de Benedict Bellefontaine et de sa fille Évangéline; ce poëme est votre ami.

Ce premier volume s'achève enfin sur les *Poëmes du coin du feu* et les *Poëmes du bord de la mer*, nouvelle série de morceaux détachés. Dans ceux-ci éclate ce sens merveilleux de l'éternel et de l'infini qui ennoblit d'une séraphique gravité toutes les émotions du poëte; dans ceux-là on retrouve entier le barde chrétien, tout brûlant des ardeurs du renoncement, de la résignation, du sacrifice du moi, qui aux siècles des néophytes fervents produisirent les martyrs, qui plus tard, grâce à l'introduction de l'élément mondain dans l'inclination religieuse, engendrèrent la chevalerie et la galanterie, et de nos jours ne produisent plus rien, *causa ablata.*

Le deuxième volume est occupé entièrement par deux œuvres, *la Légende dorée* et *le Chant d'Hiawatha;* on ne saurait imaginer plus vigoureux contraste. Avec *la Légende dorée*, nous nous enfonçons dans le fantastique des moines. C'est une imitation de *la Légende des Saints*, écrite en latin du treizième siècle par Jacob de Voragine. Le ton en est imposant, la fable grandiose comme celle de Faust. L'original de ce poëme fut regardé comme le dernier mot de l'épopée légendaire et mystique au moyen âge; et les contemporains, émerveillés, lui décernèrent le nom de *Légende dorée.*

Je n'ai rien à ajouter à ce que j'ai dit plus haut du *Chant d'Hiawatha*, sauf à recommander, comme une sensation piquante pour l'esprit, la lecture successive du poëme indien et de la légende monastique, et à louer grandement, dans le premier, le triomphe inouï du sens intime caché derrière les mirages du pittoresque.

Un intervalle de huit ans sépare le troisième volume de ses deux frères aînés. S'il ne les surpasse pas, il les égale : se maintenir dans l'excellent, n'est-ce pas l'idéal du progrès ? D'ailleurs les utiles et sages lois de la variété ont été obéies. C'est d'abord une série de contes délicieux, les *Contes de l'auberge du bord de la route.*

Par une nuit d'automne, dans une vieille auberge de Sudbury, sont réunis, devant un vaste foyer dont la flamme fait resplendir le portrait de la princesse Marie, un musicien et son violon, l'aubergiste lui-même, puis un étudiant, un Sicilien, un juif espagnol d'Alicante, un théologien et un poëte. Le musicien s'étant exécuté aux bravos de l'assistance, il est convenu que chacun de ses précédents auditeurs va dire une histoire. C'est l'aubergiste qui ouvre la marche avec *la Chevauchée de Paul Revère;* l'étudiant conte à ravir *le Faucon de ser Federigo;* le juif espagnol dit l'histoire de *Rabbi ben-Levi*; le musicien, qui aime à fixer l'attention, débite tout au long *la Saga du roi Olaf*, qui ne comprend pas moins de vingt-deux chants; le Sicilien rapporte l'aventure du roi *Robert de Sicile*; le théologien narre *Torquemada, ou l'épouvantable lâcheté d'un père;* mais je crois que c'est le poëte qui conquiert la palme avec sa légende si douce des *Oiseaux de Killingworth.* Si Platon l'eût connue, il y eût regardé à deux fois avant d'ordonner la proscription des poëtes, de peur d'encourir le sort des gens de Killingworth, lorqu'ils tuèrent les oiseaux.

Ces contes sans reproche, faits pour enchanter toute la famille des hommes, sont précédés d'un portrait de chacun des conteurs, et chaque conte est séparé du suivant par un *interlude* plein de charme.

Ensuite, dans un poëme semblable à celui d'Évangéline par l'accent, les proportions, le lieu de la scène, Longfellow raconte la cour inutile faite par *Miles Standish*, le vieux et farouche capitaine, à la belle vierge puritaine Priscilla. La scène se passe durant les jours anciens des colonies dans Plymouth, la terre des pèlerins. Au dur soldat, Priscilla préfère son ami et compagnon Alden. La fureur de Miles Standish, son départ pour la guerre, le bruit de sa mort, son retour imprévu le jour même du mariage d'Alden et de Priscilla, et son acquiescement, tel est le sujet de ces mille vers excellents.

Le dernier tiers du volume comprend, sous ce titre : *les Oiseaux de passage*, trente pièces courtes, mais toutes charmantes, parmi lesquelles nous préférons *Prométhée*, *l'Échelle de saint Augustin*, *le Vaisseau fantôme*, *le Gardien des cinq ports*, et surtout *les Maisons hantées*.

« Toute maison où les hommes ont vécu et sont morts est une maison hantée ; à travers les portes ouvertes, d'inoffensifs spectres glissent d'un pied qui ne résonne point sur le plancher.

. . . .

« Le monde-esprit, autour de ce monde-sens, flotte comme une atmosphère ; et partout circule, à travers ces brumes et ces lourdes vapeurs terrestres, un souffle vital de l'essence la plus éthérée. »

La donnée du *Vaisseau fantôme* repose sur le compte rendu détaillé de l'apparition d'un vaisseau dans l'air, fourni par Cotton Mather, au livre Ier, chapitre VI, de ses *Magnalia Christi*, et emprunté à une lettre du révérend James Pierpont, pasteur de New-Haven. J'ai relu et relirai encore *le Cimetière de Cambridge*, *les Nids d'oiseaux de l'Empereur*, *les Deux Anges*, *le Cimetière israélite à Newport*, *Olivier Basselin*, *Victor Galbraith* (volontaire fusillé au Mexique pour indiscipline), et *le Vin de Catawba*, une superbe chanson à boire :

« Cette chanson de moi est une chanson de vigne qu'il faut chanter près des tisons flamboyants des auberges de la route, quand la pluie vient assombrir encore le sombre décembre. »

Nommons encore : *Sainte Philomène*, *le Point du jour*, *les Enfants*, *Epiméthée*, où nous avons été frappé d'une strophe, comme d'un de ces mots de Shakspeare devant qui nos rêves s'inclinent :

« Douce Pandore, chère Pandore, pourquoi le puissant Jupiter te créa-t-il blonde comme Flore, belle comme la jeune Aurore, si te conquérir c'est te haïr ? »

Il ne faut pas non plus oublier : *l'Heure des enfants*, *Encelade*, *le Cumberland*, *les Flocons de neige*, *Un jour de juin*, et deux gracieuses merveilles de mélancolie qui ferment le volume, l'une intitulée: *Fatigue*, l'autre : *Ce qui reste inachevé.*

Avec quelque ardeur que nous travaillions,
Il reste toujours quelque chose de non fait,
Quelque chose d'inachevé
Attend toujours le prochain soleil.

Auprès du lit, dans l'escalier, au seuil de notre porte,
Menaçant ou suppliant,
Ce quelque chose d'inachevé,
Comme un mendiant, attend.

Il attend et on ne le congédiera pas;
Par les soucis d'hier
Aujourd'hui est sans trêve alourdi...
. . . .

Académies, théâtres, grands et petits journaux, voilà ce qui s'écrit loin de vous, sans vous, sans penser à vous, à trois mille lieues de vos coteries. La poésie occupera toujours le premier rang parmi les dignités de l'esprit, et continuera, malgré mille épreuves, à enchanter le monde, aussi longtemps que les vrais poëtes se borneront à dire, en toute franchise, ce qu'ils ont vu, pensé, imaginé et senti, en n'oubliant pas qu'ils parlent à des hommes.

FIN DE LONGFELLOW.

NOTES DE VOYAGE

PLOMBIÈRES ET BADE EN 1866.

A M. X***

I

Vous me demandez quelques notes sur Plombières; vous désirez aussi qu'on vous expédie un choix d'anecdotes : c'est très-facile. D'ailleurs, peu vous importe qu'on soit venu ici uniquement pour son déplaisir, et tracassé par la névrose. Vous vous inquiétez de toutes sortes de nouvelles, hormis des miennes... A moi de ne pas m'oublier. J'ai pris, en quittant Paris, le train qui part de la gare de l'Est vers huit heures du soir. J'y avais rendez-vous avec mon ami le spirituel H..., qui a rédigé autrefois avec un vif succès le bulletin politique du *Temps*. Ce publiciste, qu'égayait fort mon impatience, après avoir passé deux heures à me vouloir persuader que c'est mauvais genre d'arriver à la gare avant le dernier coup de cloche, a manqué le train. Est-ce là une anecdote? Je dus monter seul dans un compartiment déjà plein jusqu'au bord.

J'ai pour voisin un compatriote de Heine qui établit à sa manière la supériorité octroyée à la Prusse sur le reste du globe par la journée du 3 juillet 1866, en ôtant ses bottes et en arborant des pantoufles. Pour qui sait le prix des détails, ce simple fait trahit entre les vainqueurs de Sadowa et la raide Albion plus d'affinités, de sympathies et de communes manières de voir qu'on ne l'eût cru depuis deux ans.

Dans le coin opposé, un capitaine français, bronzé par les cieux torrides de la Kabilie et du Mexique, tord sa moustache à l'aspect de ces préparatifs choquants. Bientôt il n'y tient plus et interrompt brusquement la manœuvre de son vis-à-vis, au moment décisif. Terrifié par une protestation énergique, l'étranger, qui n'est pas méchant, s'excuse, verse deux larmes de honte, puis, ses bottes d'une main, ses pantoufles de l'autre, il reste prudemment en filoselle, jusqu'à ce que l'officier vienne à dormir; alors, sans bruit, il réinstalle une botte et une pantoufle dans sa valise, et, sans s'apercevoir de la disparate, il se chausse du reste. J'ai entrevu toute cette comédie, sans rire, à travers les voiles du demi-sommeil. A quatre heures du matin, nous touchons à Nancy ; à cinq, nous nous remettons en route pour Épinal ; à sept, pour Remiremont. Depuis un moment, les Vosges si heureusement popularisées par Erckmann-Chatrian en de bons récits qui vivront, commencent à défiler sous nos yeux enténèbrés par une somnolence vingt fois interrompue. Je n'ai pas à vous décrire ce doux panorama, non plus que l'entrée de

PLOMBIÈRES

où l'on accède par cette ombreuse *Promenade des Dames*, autrefois célèbre, et maintenant à jamais abandonnée. Puis on longe une belle église moderne, et l'on est au centre de cette cuve, de cette baignoire qui a nom Plombières. Quand il pleut (et je vous écris au branle-bas d'une averse), cette baignoire se transforme en un puits, moins les seaux et la corde pour en sortir.

Une seule rue (je ne parle point d'annexes sans importance) compose toute la ville. On y entend bruire sans trêve le galop bavard, le va-et-vient murmurant des sources invisibles.

De droite et de gauche, pressant et surplombant à une altitude de quelques cents mètres les maisons aux balcons espagnols, s'étagent de riantes et vertes collines, âpres à la montée.

L'industrie proverbiale de Plombières est celle de *Logeurs*.

Les gens posés attendent le patient chez eux, les moins fiers vont à l'arrivée du flot guetter les débarquants. Les hôtels, d'ailleurs en petit nombre, *ne sont pas dans le mouvement*, et les logeurs connus ont encore un bel avenir devant eux, malgré la concurrence redoutable des hôtels Napoléon qui s'élèvent à l'entrée du parc.

Représentez-vous deux édifices jumeaux, assez grandioses, séparés et au besoin réunis par un magnifique établissement thermal.

Ma première inspection est pour la liste des étrangers ; elle est émaillée des plus grands titres de Russie et des meilleurs noms de France. Vous ne m'accuserez pas d'exagération quand je vous aurai cité l'amiral préfet maritime du Var et sa femme, la comtesse de Chabannes, l'héroïne vénérée de Toulon.

Parmi les Russes, on m'a montré le maréchal prince B..., le vainqueur de Schamyl. D'autres princes et d'autres maréchaux illustrent cette liste, qui ne finirait pas, si je voulais. Toutefois, il convient de citer encore M. Édouard Charton, qui peut dire, en songeant au *Tour du monde* et au *Magasin pittoresque* , amis de notre enfance et de notre jeunesse : *Exegi monumentum ;* M. Auban-Moët, etc., etc.

Comme on ne vient généralement ici que talonné par la gastralgie et le rhumatisme, Plombières souffre moins que d'illustres rivales des perplexités qui agitent présentement la vieille Europe. Les eaux de Plombières sont des eaux *sérieuses* (on a créé pour elles cette épithète, les figures des baigneurs en reflètent la justesse) ; l'élément coquet et risqué y fait entièrement défaut. Le traitement, qui opère, dit-on, chaque année des miracles, comprend le bain, la douche et l'étuve, suivant la nature et la gravité des affections. Pour ce qui regarde l'efficacité de ces sources renommées, j'en suis personnellement encore aux espérances, mais des espérances auxquelles manque la foi. On m'assure que l'effet ne se produit guère qu'un ou deux mois après qu'on a regagné ses foyers. Le bien nous arrive, non plus en dormant, mais en vieillissant. Oh ! la fontaine de Jouvence ! Jusqu'à ce que je me croie obligé à la reconnaissance, je veux traiter la matière en sceptique. On peut ranger les eaux en deux catégories : ou bien elles sont inoffensives, ou leur action est décisive, incontestable, et, à moins d'une grande prudence, il advient qu'on en meure.

En attendant, j'imagine que les médecins ne nous envoient aux eaux que pour avoir prétexte de nous promettre une amélioration à deux mois d'échéance.

Quoi qu'il en soit, au contraire de Spa, Ems et Bade, où ce n'est pas faire tâche que de se bien porter, à Plombières, un homme convaincu d'éviter systématiquement la douche et la piscine est un homme suspect. Les conditions de la vie à Plombières n'admettent pas l'hypothèse qu'on y soit venu à seule fin de tuer le temps, et je dois reconnaître que dans les cas, infiniment rares, d'infraction à la règle dont j'ai été témoin, les sévérités de l'opinion étaient fondées.

Le *Devoir* est ici représenté par le traitement. Dès votre arrivée à Plombières, votre premier soin sera d'aller recevoir des mains du docteur l'autorisation de converser avec les nymphes de l'endroit, ou, moins pompeusement, d'entrer dans les piscines. Les délicats répugnent d'abord à cette promiscuité; dans les premiers jours, je refusai d'entendre parler d'autre chose que d'une baignoire; mais attendu que la durée ordinaire du bain est de deux heures, qu'on vous y déconseille la lecture, un spleen mortel serait le premier et peut-être l'unique effet du traitement, d'autant que les sombres murs et les maussades cabinets du bain impérial ont l'air d'avoir été mis là pour une cure à la Mélancolie. Du moins, dans la piscine, je retrouve d'anciens et spirituels amis; les deux heures se passent à conter et à rire, ou à jeter un coup d'œil dans la piscine d'à côté, réservée aux dames... Un vrai sénat du beau sexe, dans l'acception latine du mot qui implique un grand âge. La vertu calmante des sources de Plombières est puissamment secondée par le voisinage de ces figures vénérables. Le reste du jour appartient à des douches variées (à la Tivoli, à l'Écossaise) et à deux repas plantureux. Nous sommes loin de la diète de nos pères; il sévit annuellement sur Plombières une petite épidémie, qui me paraît avoir pour origine l'excès du manger; et cela se conçoit, s'excuse presque.

Les journées sont longues et difficiles à remplir; dès trois heures du matin il y a du mouvement dans notre ruche: c'est le traitement. Je n'en veux pas dire un mot de plus, quoiqu'il me reste à en dire beaucoup, notamment sur l'étuve et le bain du capucin, exclusivement affecté aux jeunes femmes inquiètes de n'être pas encore devenues mères.

La partie *Devoir* nettement définie, arrivons au *Plaisir*. Dans l'intérieur de la ville il a pour unique temple et comme expression dernière, un salon ou Casino de création relativement ancienne. Ce Casino est à deux compartiments, l'un à usage de café et de tabagie, et l'autre de salon de lecture et de salle de bal. Le matin on n'y voit que des têtes plongées dans le *Moniteur* et le *Journal des Débats;* les soirs de bal, on relègue en un coin le guéridon aux journaux, que sept ou huit fidèles accompagnent en son exil; l'orchestre s'en donne tout son soûl, au milieu d'une immobilité générale, parfois risible, et à onze heures toutes les bougies sont éteintes.

Or, vous qui connaissez et avez entendu vanter sur tous les tons la situation de Plombières comme un des plus beaux points des Vosges, la ville elle-même comme un des plus beaux trous du monde, et l'ensemble du pays environnant comme tel qu'on ne peut rien imaginer de plus majestueux et de plus doux, vous allez me dire : « Bien que vos valétudinaires n'aient pu se soustraire à l'entraînement général, que vos préoccupations ainsi que les nôtres courent aux dernières nouvelles, que dans votre salle de bal il y âit plus de concurrence autour d'un numéro de *l'Indépendance* que des femmes et des jeunes filles vêtues de soie ou de mousseline, je suppose que cette lecture a parfois un terme, et je ne vous tiendrai pas quitte que vous ne m'ayez parlé des excursions hors la ville. »

Vous avez raison, elles sont charmantes.

Malheureusement, celles qu'on peut faire à pied, sans fatigue, telles que la fontaine Stanislas, la forêt de Sapins, etc., sont en fort petit nombre, et celles qui exigent calèche, et d'ailleurs l'emportent de beaucoup sur les premières, sont tout un voyage, qui parfois oblige à suspendre le traitement.

Ainsi Gerardmer réclame deux jours ; les feuillées et le val d'Ajol, un des plus purs joyaux de l'écrin helvétique jeté en France par-dessus les monts, demandent presque un jour ; autant pour Hérival, la cascade du Géard et la vallée des Roches autant pour Luxeuil, où il faut aller quand même.

LUXEUIL

En sortant de Plombières, situé presque à la limite du département des Vosges, pour aller à Luxeuil, qui appartient à la Haute-Saône, la route la meilleure consiste à descendre le val d'Ajol et à traverser Fougerolles, gros bourg ou petite ville, centre important de fabrication de kirsch ; en deux heures et demie de trot on est rendu à Luxeuil. Labienus écrivait : *Luxovium.*

La réputation thermale de Luxeuil date des Romains. On sait quelle place tenait le bain dans les coutumes de cette nation géante. Lorsque ses armes pénétrèrent chez nos aïeux, les vertus curatives de Plombières étaient déjà en honneur, puisqu'on envoyait les légionnaires avariés y faire une saison. Luxeuil était dévolu aux généraux et aux consuls.

A Plombières même et aux environs, la grande trace latine ne se retrouve plus que dans des travaux souterrains, dans l'étuve, dans le bain romain qui occupe le centre de la ville, et dans de grandes voies militaires qui se dirigeaient vers Metz et une autre ville encore, tandis qu'à Luxeuil on ne saurait faire un pas sans se heurter à quelque profonde empreinte creusée par le talon romain. Aussi, bien qu'un peu abandonné au profit de Plombières, et d'un aspect général assez froid, Luxeuil est des plus riches en distractions pour l'esprit. Un archéologue s'extasierait devant ces tours, devant ces sculptures huit fois centenaires, devant ces épigraphes lapidaires authentiquement contemporaines des lieutenants de César; et, d'autre part, les malades ont à leur service un superbe établissement thermal, qui est lui-même un muséum précieusement approvisionné en vestiges de ses premiers baigneurs. J'ai passé quelques heures fort à mon goût dans cette ville étrange, digne d'un pèlerinage, ne fût-ce qu'en l'honneur des restes encore magnifiques de sa légendaire abbaye. Sauf la différence des époques, Luxeuil mérite le nom que j'ai autrefois donné à Bruges, *un Musée de maisons*, et du moins (ceci est un franc reproche à l'adresse de Plombières), du moins, derrière ces demi-cintres vitrés et à soixante-dix centimètres du sol, qui, à Luxeuil, sont des portes, on trouve quelquefois une boutique de libraire.

En y errant, j'ai été surpris à la vue d'une masse carrée de pierres noircies par la nuit des temps. Une porte à hauteur de nain s'y ouvre sur un étroit escalier en spirale assez gai pour mériter d'aboutir à la tour de la Faim. Dessus la porte on lit : *Entrée du Caffé.* Mais je ne veux pas quitter Luxeuil sous cette impression de préférence décidée, et en rentrant dans Plombières par une route charmante, celle de Saint-Loup et Aillevillers, j'aime à saluer avant de regagner ma chambre le docteur Turck, veillant encore malgré l'heure avancée, et debout dès l'aurore. Ce modeste et dévoué praticien est la figure intéressante de Plombières, où son zèle et sa charité lui ont valu beaucoup de respect et d'affection. Il est généreusement secondé dans sa tâche par son gendre, M. Liétard, auteur de remarquables lettres sur la médecine chez les Indous.

DERNIÈRES NOTES SUR PLOMBIÈRES

La pluie tombe sans merci, on meurt d'ennui. Supposons qu'il fasse beau, tout n'est pas dit, car les splendeurs pittoresques des sites environnants sont durement compensées par les variations inouïes de la température : de onze heures à six on bout au fond de la cuve ; le soir venu, on bâtit sur la brise crépusculaire l'espoir d'heureuses promenades. Cette brise, fraîcheur perfide, vous entraîne facilement à une demi-lieue de votre domicile. C'est là que vous attendent la névralgie et son cortége de misères. J'en ai été, grâce à ma bonne étoile, quitte pour un rhume qui huit jours durant m'a fait faire concurrence à la source Pauline, un coin de rocher qui passe tout son temps à éternuer.

Mais, pour qui sait résister aux séductions de la pâtisserie, un des fleurons de Plombières, et, par une tiède journée, sortir de table vers sept heures, il y a certitude d'une heure de pérégrination charmante dans un pays idéalement beau et fait pour nous dédommager du Rhin, hier encore interdit par la guerre.

Trois routes également attrayantes s'offrent alors aux promeneurs. C'est d'abord la route de Luxeuil. Elle serpente le long d'une colline qui, au temps de la fenaison, et dorée par le dernier sourire, allanguie par la dernière caresse du soleil prêt à fuir, offre un tableau de l'âge d'or. Une ferme modèle, la ferme Jacquot, célèbre dans le pays, complète dignement cette perspective, faite pour endormir un instant les soucis rongeurs et les douleurs anciennes. Il y a encore, pour ceux qui préfèrent la plaine à ces montées, la route d'Aillevillers, qui, sur un parcours de douze kilomètres, présente une succession non interrompue de roches, de sources vives, de bouquets d'arbres. Le parc aux allées sinueuses et la promenade de la Fontaine Stanislas sont aussi très en honneur.

Je ne vous ai rien dit de la physionomie des tables d'hôte, soit dans les pensions, soit dans les hôtels. Aux hôtels Napoléon, pendant le dîner, on peut se croire à Paris, au Louvre ou au boulevard des Capucines : c'est élégant, digne et glacial. Dans les maisons bourgeoises, où le nombre des convives s'élève quelquefois à soixante, il règne plus d'intimité, et la société, composée pour la plupart de Français, y est, malgré la souffrance et l'infirmité, animée quand même d'une parcelle de cet élément national : la vie. J'étais dernièrement assis à l'une de ces tables. Mon voisin, respectable et spirituel gentleman de soixante-cinq à soixante-huit ans, m'intéressa par je ne sais quelle ressemblance avec une figure enfouie dans les vagues réminiscences de mes premières années. Je ne me trompais pas, c'était bien M. D. de G., ancien préfet, des mains duquel j'avais reçu un prix de lecture au collége de L... Naufragé d'une irrésistible tempête, M. D. de G., en voulant bien causer avec moi d'aventures désormais historiques, ne soupçonnait guère qu'elles avaient peut-être autant ému le cœur de celui qui était alors un petit collégien, que son cœur à lui, victime ancienne et encore debout de ces grandes colères.

Nous avions dans notre petite troupe un fantaisiste qui tenait la spécialité des rêves biscornus. Tous les matins, à déjeuner, il nous servait une de ses baroqueries. Était-ce un répertoire fait d'avance?

Je l'ignore; il suffit que nous ayons cru à des primeurs. Un matin, il nous raconta qu'il avait été admis en audience privée chez un grand souverain de l'Europe. Introduit devant le monarque, il eut le vertige en s'apercevant qu'il gardait son chapeau; d'un geste fébrile, il se découvrait; aussitôt un autre chapeau se replaçait sur sa tête, et, sans trêve, l'audience se passait, comme un tableau des *Pilules du Diable*, à broyer des bords de chapeaux qui se multipliaient à l'infini.

C'est ainsi que la vie s'écoule en désirs, en

plaintes, et que tout finit par des regrets. On trouvait le pays étroit, le ciel morose, les heures éternelles, et au moment de partir (car il vient toujours un moment où il faut partir), en disant adieu aux compagnons sympathiques, à la gracieuse voisine de table, à toutes ces connaissances de rencontre, esprits et cœurs dont on a été charmé un jour et qu'on ne reverra plus, une brume de mélancolie pénètre l'âme ouverte aux tendresses de l'humanité ; puis on échange à travers le carreau baissé de l'omnibus une dernière étreinte avec toutes ces mains, étrangères encore il y a un mois. Allons! un dernier sourire à tous ces visages bienveillants, un dernier « bon voyage! » et en route! Byron avait raison :

« *I only know we love in vain,*
« *I only feel : Farewell! farewell!*

DE PLOMBIÈRES A AILLEVILLERS.

On arrive à Plombières et on en sort par deux grandes voies, celle de Strasbourg et celle de Mulhouse, par Remiremont et par Aillevillers. Le trajet en voiture de Remiremont à Plombières est sans reproche, mais je lui préfère celui d'Aillevillers, et la grande majorité des allants et venants m'ont paru en juger ainsi. A défaut de comparaisons neuves, brillantes et justes, il faut savoir se contenter des anciennes, qui pour avoir longtemps servi n'en sont parfois que meilleures. Cette route est un panorama qui sur une étendue de trois lieues, bientôt franchies, monte, descend, se déploie ou s'enfonce au murmure continuel des sources. A droite, à gauche, au sommet des roches, au creux des ravines, ce ne sont que vertes ramures et filets d'argent s'estompant à travers l'atmosphère saturée d'humidité. Le ciel est couleur de bronze, l'averse est proche, et en effet nous avons à peine eu le temps d'entrer dans la gare d'Aillevillers et de prendre notre billet pour Nancy, qu'elle éclate d'abondance, et comme si elle avait une revanche à prendre ; ce n'est toujours que la monnaie d'une tempête, mais le compte y est.

D'Aillevillers à Nancy, le paysage, assez indifférent par lui-même, gagne peu à s'abriter derrière ce voile de gouttes d'eau. Nous devons entrer à cinq heures dans l'ancienne capitale de la Lorraine : quel contre-temps s'il allait pleuvoir jusqu'à la nuit ! Je dois quitter Nancy demain de très-bonne heure pour Saverne, où m'appelle une gracieuse invitation de l'auteur de *Madelon*. J'ai fait route avec de tristes personnages, d'ailleurs extrêmement polis, qui n'ont parlé que d'épidémies : c'est la conversation à la mode chez nous depuis un an.

Et même le sujet est devenu fastidieux. Encore y a-t-il des gens qui ont l'honnêteté de sauver les apparences ; mais pour un de ceux-là, que de têtes franchement perdues, que d'estomacs en peine ! Heureusement, dans cette vallée de contrastes, non loin des terreurs cyniques, chemine l'héroïsme obscur, le dévouement discret. Durant les deux invasions parisiennes de cette année, nous avons vu pâlir et tomber sans une plainte, pour l'amour de l'humanité, des jeunes gens et des femmes à qui l'avenir promettait plus qu'à nous. Il n'y a pas un village français qui n'ait été le théâtre de pareilles vaillances. Allons ! *Macte animo....*

D'ailleurs, les timides admettent facilement, dans l'intimité, qu'ils doivent à l'épidémie quelques petits succès d'amour-propre ; le moins brave rencontre un plus épouvanté que lui, et se croit dès lors à la taille des simples gens de cœur. Mais c'est quand, le nuage ayant crevé, le ciel est redevenu bleu, que les poltrons d'hier sont insupportables ; je vous mets d'avance en garde contre eux. Toutefois, je ne discute pas l'utilité des poltrons. En rencontrant certaines gens par les rues, on sait, sans qu'il soit besoin de recourir à d'autres moyens d'information, que l'état sanitaire d'une ville est bon. Rassurez-vous, trembleurs, votre race est immortelle ! La peur est un acide qui empoisonne les heures, mais n'abrége pas les années.

NANCY.

De cinq heures à sept, la pluie conclut un armistice avec le brouillard; un furtif azur apparaît là-haut; en deux heures on peut voir cette admirable place Stanislas justement célèbre, et les superbes avenues de la Pépinière, qui, sur quatre cents villes traversées par votre serviteur, m'ont fait ranger Nancy parmi les deux ou trois où je consentisse à vivre, si Paris et Lille étaient brusquement supprimés de la face de la terre. Une fois en règle sur ces deux chefs importants, je m'abandonne à mon instinct, qui me lance à travers la ville, au hasard. Il est trop tard pour entrer au musée Lorrain, mais non pour examiner dans le détail la porte du palais-duçal ; c'est ce que l'on nomme un dédommagement raisonnable. Dieu sait pourtant si j'avais la névralgie en admirant; mais l'aspect des vieilles pierres fait toujours du bien. Là-dessus, je me replonge dans les rues, en une heure j'ai tout vu..., j'ai vu..., vous m'entendez..., en philosophe et en rêveur, qui croit remplacer le temps d'étudier par la faculté de sentir, et se flatte de respirer au vol l'odeur historique d'une ville. On ne peut rien imaginer de mieux réussi dans le joli, le digne et le tranquille. Heureusement qu'à l'heure de dîner j'avais fini mes excursions, car avec le soir la pluie s'abattit sans relâche sur la cité galante et les grands arbres, et comme je devais remonter en wagon le matin suivant entre cinq et six heures, il n'était pas question de profiter de l'aurore, et quelle aurore, Seigneur!

DE NANCY A SAVERNE.

En sortant de Nancy, par une ondée abominable, j'eus, entre autres compagnons de route, le couple le plus turbulent et le plus grotesque du monde, un septuagénaire d'assez belle apparence à vingt pas et de haute taille, mais efflanqué, édenté, sans trace de cheveu sur la tête, et accoquiné en légitime union à une sorte d'ex-lectrice ou dame de compagnie, de trente ans, sèche au physique et au moral, qui répondait avec une mutinerie exaspérante aux agaceries de cet ancêtre. Pendant que je fermais les yeux pour tromper l'irritation que ce tableau allumait en moi, ils me crurent endormi et en profitèrent pour s'offrir mutuellement les guides et journaux dont j'ai la faiblesse de m'encombrer en wagon. Il pleut toujours et partout. En entrant dans Saverne, je constate avec douleur l'absence du moindre sapin. Heureusement un omnibus, qui s'en retournait vide, consentit à me tenir lieu de voiture de place. Nous nous rendîmes d'abord à la poste, où je comptais trouver une lettre à laquelle j'avais donné rendez-vous depuis longtemps, et qui devait m'apporter un souvenir et des nouvelles d'une amitié ancienne et chère. D'abord l'employé, demi-Germain à tête tout à fait carrée, ne me comprit pas ; puis, après que je lui eus donné ma carte, il me passa à travers le guichet une enveloppe dont la suscription, aussitôt reconnue, ébranla mon cœur. Soyez mille fois louées, mirifiques inventions de l'écriture et de la poste! Grâce à ce chiffon de papier, je n'étais plus seul, et j'oubliais l'averse. Dix minutes plus tard j'étais rendu à la maison qu'habite six mois sur douze le brillant et fertile esprit qui a, depuis dix ans, suscité parmi nous tant de curiosité, d'intérêt, de surprise, d'envie et d'extrêmes colères. Je suis incapable de mêler un jugement littéraire à des notes de voyage et à des récits d'hospitalité; mais comment taire que, voyant pour la première fois celui qui m'avait si gracieusement proposé et venait de me faire, sous son toit, cette réception cordiale et fraternelle, je fus frappé de l'harmonie qui existe entre le regard de l'homme et l'accent de ses livres? On le dirait couvert de grains de poudre qui font feu à toute seconde. Cette image doit être de lui. C'est un entrain, un pétillement irrésistibles; la séve et la verve en débordent et se répandent sur les plus minces détails de l'administration domestique. La maison, de haut en bas, reflète le sourire du maître et renvoie l'écho de sa vive parole. Cette maison est vaste et paraît l'être encore davantage. Un superbe coin des Vosges lui sert d'horizon, de fond, et l'agrandit d'une perspective contre laquelle ne prévaudra jamais aucune menace d'alignement. De beaux petits enfants la réjouissent, un travail aimé l'enrichit. Dans la familiarité de notre cohabitation passagère, j'ai été témoin de cet heureux et facile travail, où, avec une aisance et une prestesse qui déconcertent l'analyse, M. Edmond About passe du roman en cours de publication à la *Revue des deux-Mondes*, aux études d'économie populaire qui paraîtront demain à Paris dans un journal du soir ; et, bien qu'on en ait, il faut se rendre... l'idée y est, le français aussi. Puis le moment arrive de tirer sa révérence à l'aimable maison; un seul obstacle vous empêche d'exprimer le vœu d'y revenir : c'est que l'auteur du *Turco* a commencé par en exiger la promesse. Merci au confrère ; au revoir à l'hôte !

DE SAVERNE A STRASBOURG.

Je quittai Saverne à neuf heures, et minuit sonnait à Strasbourg comme on me déposait avec mon bagage devant la porte de l'hôtel (. . .), qu'on m'avait donné pour le plus agréable de la métropole alsacienne.

Non, jamais je ne fus perché si haut et si mal. Le lendemain, comme je m'en plaignais, il me fut répondu que l'hôtel regorgeait de pèlerins. A déjeuner et à dîner nous étions trois assis à une table de .... couverts. Si la veille au soir, quand j'arrivai, le ciel avait été moins sombre et le froid moins vif, je me serais abrégé d'une heure le supplice de cet exécrable lit, en allant contempler la cathédrale dans le calme et le silence nocturnes. N'est-ce pas ainsi qu'il convient surtout de voir pour la première fois l'œuvre des siècles endormis? Au lever du jour, après avoir écrit une ou deux lettres, j'allai prendre du thé sur la place Broglie, parcourir un journal, et deux minutes après, en suivant la rue du Dôme, j'étais devant le portail de la vieille basilique, et je me donnais le torticolis à suivre dans sa gloire aérienne la flèche vertigineuse. Vous me traiteriez de naïf, de retour du Congo, si j'allais vous décrire un monument apprécié *de visu* par la grande majorité des Français et tiré à des millions d'exemplaires par le dessin et la photographie.

Mais l'impression que j'en ressentis fut immense, et en somme je trouvai autant à m'extasier dehors que dedans. Si j'eus une petite déception, à midi, au chant du coq et à la procession des douze apôtres, par contre, c'est avec la plus vive sollicitude que je passai en revue, dans la vieille maison qui touche au palais, sur la place de la cathédrale, le mécanisme de l'ancienne horloge, et le modèle des statues, œuvre du légendaire Erwin de Steinbach et de sa fille. Vous voyez d'ici la place Kléber, les statues de Kléber et de Guttemberg, le monument du général de Saxe dans l'égise protestante de Saint-Thomas, le pont de Kehl, et les innombrables cigognes qui, le soir, juchées sur une patte au faîte des toits aigus et des grêles cheminées, découpent dans l'azur ou dans les nuages leur silhouette claire ou fantastique.

Un des meilleurs souvenirs de mon court passage à Strasbourg est la visite que j'eus heureusement le temps de faire au jeune docteur Kœberlé, un nom destiné à la gloire parisienne et aux éloges de la France. Par ses belles et heureuses opérations d'ovariotomie, le docteur Kœberlé, s'il réussit à faire donner à son initiative, jusqu'à présent isolée, la consécration de la pratique ordinaire, méritera de prendre place parmi les modernes bienfaiteurs de l'humanité. Dans ces notes rapides et superficielles, je ne veux toucher qu'en passant à ce grave sujet; je préfère qu'une plume spéciale s'en empare et vous l'expose. M. Kœberlé, une des illustrations de la faculté de Strasbourg, ne prétend pas avoir rien inventé, et cite volontiers, sans en oublier un seul, les noms de ses devanciers, américains, anglais ou allemands; mais c'est déjà beaucoup pour sa louange que d'avoir *osé*, malgré la réprobation qui s'attachait à une entreprise dont la brève histoire compte tant de douleurs guéries et d'existences épargnées.

BADE.

Depuis une douzaine d'années, ce nom de Bade (en tous temps attractif pour les gens de toutes nations) résonne particulièrement aux oreilles françaises comme une fanfare de joie. Les autres peuples auxquels Bade emprunte ses fidèles amoureux ou ses galants de passage ne peuvent que se dire séduits par les charmes d'un des sites les plus gracieux de l'univers, ou amorcés par le prestige du trente-et-quarante, car des eaux, vous jugez bien qu'il en est question le moins possible; tandis que Paris, ou plutôt la France, chérit dans Bade sa création, une effusion de son esprit, de son humeur, de ses caprices.... Aussi est-ce avec une arrière-pensée d'amour-propre que, lorsqu'on nous parlait du peu d'éclat d'Ems, Spa et autres lieux, en cette morose année 1866, nous répondions : Et Bade?

Oui, nous avons le droit de nous y intéresser comme à l'enfant expatrié de notre génie; il n'est pas chez nous, mais il ne serait pas sans nous, ou, si l'on trouve le terme excessif, nous l'avons si bien conquis et de la bonne sorte, qu'absents il nous pleure, et que seulement à l'arrivée des trains de France, la curiosité, l'intérêt et l'espoir déridant ces fronts plissés par l'ennui d'une saison manquée.

Ne sortons pas de cet ordre de conquêtes, et nous pourrons faire bon marché des sympathies de Frédéric et du programme de M. de Bismark, si l'envie nous prend de semer des possessions françaises aux quatre coins de la nouvelle Germanie.

Avant de quitter Strasbourg, surpris, comme le duc de Saint-Simon, « de la magnificence de cette ville, et du nombre, de la grandeur et de la beauté de ses fortifications, » je m'informai de la situation de Bade; il me fut répondu que le nombre des passants y était toujours considérable; que, par suite de l'agitation des affaires en Allemagne et de la crainte d'une descente des Prussiens, beaucoup de gens avaient un moment tremblé pour leurs porte-cigares, mais qu'en résumé les seuls fumeurs avaient eu lieu d'être inquiets; Carlsrhue était sous les armes.

Bref, un certain mardi, profitant de quelques avances du soleil, je pris le train de Kehl. Vous connaissez, au moins de nom, ce joli pont jeté sur le Rhin, qui vient bouillonner contre ses bateaux avec des airs de marée montante. En wagon, on traverse ce pont sans le bien voir, mais heureusement je l'avais été examiner de près la veille, et même il m'y était arrivé une petite surprise. Mon cocher s'arrêtant à l'entrée du pont, je mis pied à terre, et comme j'allais franchir la rive française, on vint de la part d'une espèce d'octroi me réclamer un sou. Il m'est toujours extrêmement agréable de contribuer dans mon faible pouvoir à l'augmentation de l'encaisse national, aussi je payai sans murmurer, et, fort de mon droit acheté en entrant, je cheminai distraitement jusqu'à l'extrémité du pont. Comme je revenais sur mes pas, des clameurs d'une nature singulière attirèrent mon attention. Ce tapage désagréable, mais sans caractère hostile, émanait du poste badois et venait tout à mon adresse. Des explications auxquelles je me prêtai avec douceur, il résulta que le trésor badois était mon créancier pour une somme d'un sou et demi. Je payai encore, ainsi que vous l'eussiez fait, mais non sans prendre note de l'exigence supplémentaire, que d'ailleurs j'estimai ingénieuse. Un vrai sage a dit : « quand vous ne comprenez pas, admirez. »

Tout voyage, même en voiture de place, est instructif ; j'appris en celui-ci qu'il y a réelle économie de temps à faire à pied ou en fiacre le trajet de Strasbourg à Kehl, plutôt que d'employer le chemin de fer. Au surplus, par l'une et l'autre voie on distingue longtemps le jet merveilleux de la flèche.

De la métropole alsacienne à Bade, le train-express ne prend guère moins de trois heures, y compris la visite de douane et les relais, qui m'ont paru un peu bien nombreux pour un si court voyage. La chaleur est insupportable, bien qu'attendue et implorée depuis un mois.

Je fais route avec un spirituel savant qui va là-bas tâter le pouls à la chance, et m'a donné entre deux stations quelques détails intéressants sur un petit *mouvement* qui venait d'éclater à l'École de santé, et dont Strasbourg se préoccupait. A mesure que nous avançons, s'accentue et se fixe le tableau de la Forêt-Noire, qui tout à l'heure n'était qu'une ondulation nébuleuse, une grande ombre noire et flottante. C'est presque une sensation que de se représenter, sans l'apercevoir encore, ce nid verdoyant, centre de gaieté, d'harmonie et de bien-être, tapi au creux de cette masse ténébreuse.

Grâce au soleil, le premier aspect de Bade est aujourd'hui plaisant à ravir. La route de la Favorite est sillonnée de cavaliers au galop de chasse et de paniers conduits par de belles dames et quelques vierges folles. Pour m'éviter l'embarras du choix, je fais porter mon bagage à un hôtel de bonne apparence que je trouve en sortant de la gare. La chambre est vaste; les petites fleurs du printemps fourmillent et s'enlacent sur la tapisserie bleue; toutes les fenêtres s'ouvrent sur des jardins où plusieurs Gretchens éparpillées dans la verdure tricotent des bas. On m'assure qu'il n'y a pas de cloches trop bavardes dans le voisinage.

C'était mon chagrin à Plombières, où le sort m'avait fait loger tout près d'un carillon abusif, et si brusque dans son attaque matinale! Bien des fois je rêvai qu'on tirait le canon sous mon lit. Plombières était en outre doué d'une horloge qui sonnait, avec un cérémonial exagéré, non-seulement la demie, mais le quart.

Il est parfois triste de se voir ainsi émietter la vie.

La question du gîte tranchée, je me rendis à la Conversation, en passant devant le nouveau Trinkhall, dont la colonnade et les fresques représentant les principales légendes relatives à Bade et à ses environs, ont un relief piquant dans cet encadrement de feuillage.

Sur un même front sont alignées : la Restauration, qui est ici le cabaret à la mode ; la Conversation, où l'on joue et danse, et une librairie accessible aux dernières nouveautés. A cette librairie est annexé un salon de lecture abonné aux principaux journaux et revues de France, d'Allemagne et d'Angleterre, et même d'Italie et de Russie. L'entrée en est gratuite, à ce qu'il m'a semblé. A l'étage au-dessus existe, sous le nom de Bibliothèque, une reproduction *réservée* de ce salon de lecture. L'entrée en est subordonnée à une autorisation qui, le soir même de mon arrivée, me fut gracieusement expédiée par M. Bénazet.

Je retrouvai à la Conversation un certain nombre de confrères et d'amis qui demandaient bravement des émotions à la roulette. La plupart d'entre eux me dirent :

« Naturellement vous êtes logé à la *Cour de Darmstadt?*

— Pourquoi ce naturellement?

— Parce que nous rougirions nous de n'y pas

être; l'hôte, un pur gentleman, y a pour les romanciers et les poëtes des égards d'un autre âge...

— De grâce, ne me dites le reste qu'en juillet prochain, j'ai sérieusement traité ailleurs. »

Mes amis ne me pardonnèrent que lorsqu'il fut prouvé que j'étais logé chez un beau-frère de la *Cour de Darmstadt.*

Le soir on donnait au théâtre, spécialement voué à la musique (pour des raisons sur lesquelles je reviendrai peut-être), *Rigoletto*, avec la grande troupe italienne, moins celle qui en est la fleur et la gloire, Adelina Patti, qui vient précisément de traverser Bade, mais en touriste. Elle a pu se croiser dans la ramure du Lichtentall avec un autre rossignol, la Lucca; je n'ai pas encore entendu cette célébrité exotique, mais je sais qu'il ne peut y avoir qu'une Patti ; cela n'empêche pas qu'il n'y ait eu qu'une Malibran, qu'une Pasta, qu'une Sontag; j'accorde même que la moderne Rosine eût fait moindre figure à leurs côtés... Mais, telle qu'elle est, et de notre temps, elle est seule.

Je reviens à *Rigoletto*, qui a été fort bien rendu. Delle-Sedie est applaudi dans le personnage du bouffon. Il en exprime tour à tour, avec talent, l'ironie et le désespoir. Mlle Grossi était encore, il y a un an, une bohémienne échappée d'une nouvelle de Cervantes, et digne, par sa passion juvénile et son étrange beauté, de jouer la Gypsy dans l'*Etudiant espagnol* de Longfellow. Ce soir j'ai quelque peine à la reconnaître ; son contralto, toujours louable, la rapproche moins de l'Alboni que je ne sais quel développement de formes bien inattendu chez une personne encore si jeune. Les bras de Selika ont désormais leurs pareils ; ceci soit dit avec toutes sortes de bons sentiments pour Mme Sass, qui est une puissante et véritable artiste, à qui les admirateurs de Meyerbeer ont beaucoup d'obligations, et qui n'a pas fléchi, même alors qu'il se multipliait, sous le poids d'un rôle écrasant.

Dans le couloir du rez-de-chaussée, je retrouve Pierre Véron, Eugène Divry, Dantan, Viardot, Maxime du Camp, Amédée Achard, Joltrois, etc...

Puis je suis frappé à la vue d'un homme de grande mine, au profil féodal, à la barbe grisonnante.

C'est Ivan Tourguenef.

Je suis heureux de ce voisinage d'un esprit qui a su m'enrôler parmi ses plus chauds partisans ; je n'oublierai jamais qu'en la fleur de mon âge mon premier orgueil littéraire se vit lié à ce nom ; ce fut lorsque, dans le *Journal des Débats*, M. Prévost-Paradol, avec cet art unique des nuances qui est proprement son domaine, voulut bien rapprocher l'*Homme de trop* de Ivan Tourguenef et mon *Oublié*.

Avec Gogol, Pouchkine et Tourguenef, il y aura eu une littérature russe au XIXe siècle. Je ne parle pas d'autres vrais talents, Lermontoff, Tolstoï ; celui-ci commença par servir son pays à la guerre durant cette effroyable campagne de Crimée dont aucun témoin ne parle sans horreur, et revint s'asseoir, la plume en main, sur un fauteuil de juge de paix. Voilà un homme! Mais revenons à ses illustres maîtres et devanciers.

Les Ames mortes, *les Mémoires d'un Fou*, et surtout *Tarass Boulba*, de Nicolas Gogol, sont des créations.

Pouchkine, dans ses *Poëmes dramatiques*, était déjà une sorte de jeune Gœthe moscovite. On sait comme il mourut brusquement.

Quant à Ivan Tourguenef, l'un des quatre premiers conteurs de ce siècle, il a semé dans vingt histoires parfaites la poésie, le charme, l'émotion, les caractères, les aventures, sous la dictée d'un esprit riche de souvenirs et d'images, et pénétré de respect pour la dignité de l'âme humaine: le mot revient fréquemment sous sa plume. En attendant une plus longue étude, j'ai voulu adresser ce juste hommage à l'auteur des *Scènes de la vie Russe*, de *Pères et Enfants*, etc., en souvenir du plaisir que m'a causé dernièrement sa vue dans les allées du Lichtenthal.

Revenons au théâtre de Bade. La salle est blanche, coquette, dorée et riante. J'y ai assisté à deux représentations successives de cette excellente bouffonnerie : *Crispino e la Comare.* Agnese et Zucchini y excitaient des trépignements. On a aussi donné *le Barbier* avec un succès des plus vifs ; toute l'assemblée, où se trouvaient quelques-uns des meilleurs habitués de Ventadour, était sous le charme. Mlle Grossi, qui, à la surprise de plusieurs, jouait Rosine, a remporté deux succès : le premier en évitant certains écueils où l'on pouvait craindre de la voir échouer, le second grâce à ses qualités naturelles ; je ne parle pas du triomphe de ses yeux.

Trois ou quatre choses, — deux, pour le moins, sont exclues de cet optimisme que je vous ai peut-être l'air de pratiquer systématiquement envers Bade et ses aboutissants. C'est d'abord le service de la poste, qui est fait avec une lenteur affligeante : les lettres de Paris ne sont pas souvent distribuées avant deux heures, sans parler des retards (ils sont fréquents), et la dernière levée des boîtes pour le susdit Paris a lieu à deux heures et demie.

Autre grief : les petits industriels de Bade, et à leur tête les garçons de café et de restaurant, ont une propension coupable à vous *insinuer*, au lieu du demi-florin de Bade, le demi-florin de Vienne, qui lui ressemble comme un frère, mais ne vaut que douze sous au lieu de vingt-deux. Cela arrive dans les familles.

Maintenant, passons à d'autres chansons.

Certes, je vous admire et je vous envie, esprits tranquilles, cœurs bien réglés, époux bien gardés, pères ennemis du mauvais exemple, qui de la Conversation ne voulez connaître que le salon irréprochable où chaque mardi vos Gretchens tourbillonnent dans la valse allemande, enlacées aux sveltes officiers du gross-herzog Léopold. Les autres jours, l'après-midi et le soir, vous vous groupez en corbeilles autour du kiosque d'où l'excellente musique badoise épand généreusement sur vous des *flots d'harmonie*, indifférents au tintement des piles d'or, au froissement des billets de mille francs, qui vous arrive par la fenêtre ouverte. Vous condamnez tout haut cette rage; la seule concession que vous fassiez au démon est peut-être de chuchoter à l'oreille d'un voisin qui a vu le feu : « Passe encore si l'on était sûr de gagner. » Je vous admire et je vous envie. Mais qu'y faire? Il pleuvait; toutes les hauteurs environnantes étaient noyées de vapeurs sombres, ressemblant à la fumée de fagots trop verts. On eût dit qu'un décavé rancunier avait tenté de mettre le feu à la Forêt-Noire, et que les vieux arbres ne voulaient pas prendre, à cause de l'humidité. J'étais invité à dîner en ville à six heures; comme je m'y rendais, un exprès m'arrêta en route pour m'informer qu'à cause du retard forcé d'un invité, notre réunion n'aurait lieu qu'à sept heures. Avant tout, il importait de ne pas se laisser inonder; je pénétrai dans l'antre. Une quadruple rangée d'acteurs et de témoins, pressés autour de la table, servit longtemps de bouclier à ma chancelante vertu, lorsqu'un *blessé à mort*, très-complaisant, et qui m'avait jusque-là masqué le paysage, en se retirant me fit prendre sa place, et... et... (les grands désastres aiment à être contés simplement) vingt minutes après j'opérai pour la même cause une évolution analogue au profit d'un monsieur qui le matin eût pris pour offense qu'on lui offrît vingt louis de son chronomètre, et maintenant le proposait à tout venant pour cent francs, en attendant le résultat d'une dépêche télégraphique.

Ah! s'ils parlaient les wagons de Bade à Strasbourg!

Je ne veux pas entrer dans le vif de la question..., et puis je hais les tirades. Au surplus, la philosophie du jeu est tout entière contenue dans l'inspection des figures rassemblées autour d'une table de roulette, dans la familiarité regrettable qu'elle amène entre gens faits pour ne jamais se rencontrer, dans les conséquences maladives d'émotions entrechoquées, dans la dépense irréparable de fluide et la perte de l'équilibre...; et puis il est convenu, disons : axiomatique que si à la roulette on perd toujours, au trente-et-quarante on ne gagne jamais.

Mais dans le nombre des passionnés, des hébétés, des indifférents, des blasés ou des simples *ratissés* de passage comme vous et moi, il y a de jolis modèles dont la physionomie mérite un coup de plume.

Comme j'allais attendre la fin de la pluie sur les divans du grand salon, je m'entendis appeler par mon nom. C'était M..., nommons-le Émile, un jeune homme de trente ans, attaché au ministère du commerce, je crois, et qui est l'homme le plus aimé de tout le monde et le plus digne de l'être que j'aie jamais connu. Il n'est pas riche et vit de son traitement, plus une rente de mille écus dont il a hérité dernièrement. Mais il a si bien arrangé sa vie, que non-seulement il ignore la gêne, mais qu'il a parfois rendu service d'argent à des millionnaires. C'est la bonté séduisante et l'honneur en personne. Tout en ayant une place dans son cœur pour chacun de nous, le plus solide et le plus profond de son amitié à toujours appartenu au comte B..., son ancien camarade de classes, qui lui rend cet attachement fraternel.

Le comte B... est un casse-cou et pis encore, dont il y aurait peut-être du mal à dire si nous n'étions d'un temps où il faut au contraire louer l'homme qui a sauvé du naufrage de ses qualités natives, assez de charme pour inspirer une grande amitié, et de sensibilité pour la comprendre et la partager.

Présentement le comte B... s'apprêtait à risquer au jeu deux ou trois cents louis, toute sa caisse de voyage, et le prudent Émile, qui ne joue pas, lui, exhortait ainsi son camarade :

« Du moins, n'aventure pas tout d'un coup. Procède par petits lots. D'ailleurs, je te préviens que le maître d'hôtel, lui mît-on le couteau sur la gorge, ne laissera pas toucher à la réserve que je lui ai confiée, et moi je n'ai rien à te prêter.

— Viens plutôt voir, répond le comte, tu seras enchanté de moi. »

Et noblement il pose sur la rouge vingt-cinq louis qui fondent comme par magie.

« Mon ami..., hasarde Émile, vert d'émotion, au comte rose et souriant.

— Si tu dis un mot, je vide toutes mes poches sur le prochain coup. »

Il se borna à la menace; mais sa perte définitive

n'en fut retardée que de vingt secondes. Au dernier rouleau de cinq cents francs, Émile, trop agité, s'en alla, me priant de lui apporter le bulletin du suprême engagement.

Je croyais le comte un homme mort... il retrouva *in extremis*, dans son gilet, quatre ou cinq louis, moyennant lesquels il reconquit toutes ses provinces et même un léger avantage. Philosophiquement il quitta la place et vint me dire :

« Où est donc Émile ?

— Vous ne jouez plus? Je vais, suivant nos conventions, lui annoncer que vous êtes remonté au pair?

— Gardez-vous-en bien, il accourrait et je recommencerais à seule fin de me procurer le spectacle de sa frayeur, qui est tout ce qui m'amuse dans le jeu. C'est ce puritain-là qui m'a perdu avec ses trépidations, ses pâleurs, ses sueurs froides, quand il me voit engager mon dernier sou. Les goûts ne se raisonnent ni ne se discutent ; le mien est de voir défaillir ce vieil ami. Qu'il redevienne calme, et peut-être le jeu ne me dira plus rien. Insensible pour moi-même, j'éprouve *dans* lui. »

Une autre figure réjouissante est celle du monsieur qui a longtemps *lutté*. Le jour désigné par le sort pour sa ruine, la victime, le monsieur apparaît à son poste ordinaire de neutralité attentive... Il a dans une poche un rouleau d'or soigneusement cacheté, dans l'autre une pièce de cent sous qu'il retient avec fureur, car il sent que le malheur lui viendra de là... Dans cette étreinte désespérée, sa main se couvre de moiteur autour de la maudite pièce... Pour s'en faire quitte une bonne fois, il la lance sur le premier numéro venu; ce numéro sort : trente-cinq pièces de cent sous pour le monsieur; voilà un homme qui n'aura pas tout à l'heure de quoi prendre l'omnibus. Aussi bien est-il vrai, dans un sens, que la Conversation est un abri et un préservatif contre la pluie, car on en revient toujours *à sec.*

A ces historiettes, d'où ne résultera la perversion ni l'amendement de personne, j'ajoute qu'il est impossible d'imaginer opérations aléatoires conduites avec plus de courtoisie, d'honnêteté et de bonnes façons que ne le sont celles de Bade par les employés de M. Bénazet. Des spéculateurs indélicats en ont parfois abusé.

J'ai employé les deux ou trois jours d'avant mon départ à différentes excursions fort attachantes. Je suis même descendu dans le sein de la terre à des profondeurs horribles. Je parle des oubliettes du Château-Neuf. Qu'est-ce que cela devait être dans le vieux? Si vous voulez connaître quelques heures d'enchantement à la Watteau, allez voir *la Favorite*, si prodigieusement décorée par la margravine Sybilla, et dont la cuisine renferme une inestimable collection de faïences.

On arrive à Eberstein par la plus belle forêt de sapins du monde. Eberstein est maussade à l'intérieur... mais quelle situation!... Au dehors, il est vermoulu et fantastique...

Il y a encore, plus près de la ville cette fois, un hôtel ou restaurant, sous l'invocation de l'Ours, si ma mémoire est fidèle, et disposé à merveille pour un déjeuner d'amitié. On y peut dépêcher une côtelette et une fiole d'Affenthaler sous les arbres, au bord de l'eau et en vue d'un pays délicieux. On découvre toujours ces sources de plaisir pur au moment de reprendre le train de Paris. On dit : « Si j'avais su ! » Quelle prétention ! Est-ce qu'on sait jamais ?

FIN DE BADE ET PLOMBIÈRES

L'HUMOUR

Walter Hussey Burgh, ce radieux météore qui ne fit que traverser le ciel orageux de l'histoire d'Irlande pendant la seconde moitié du siècle dernier, ce Burgh dont la vie conquit tant d'amour, et la mort tant de larmes, entre autres pensées recueillies par son historien, nous dit :

« L'esprit est la chose la plus facile, et l'humour la plus difficile à atteindre. »

S'il eût ajouté que l'humour est aussi la chose la plus difficile à définir, nous excuserions son paradoxe sur l'esprit, en suggérant au lecteur que *wit* comporte, en anglais, plutôt une idée de bonne humeur alerte, goguenarde, que ce mélange d'à-propos constant, de vivacité, de pénétration des autres et de possession de soi-même, que nous résumons dans *esprit.*

Bien que toutes les littératures de l'Europe, et surtout de notre occident, aient compté d'excellents humouristes, le mot *humour* et l'idée qu'il exprime font partie intégrante de l'originalité britannique. Les nations voisines ont tour à tour adopté le mot, sans être d'accord sur l'idée. En France, par exemple, il nous sert depuis un demi-siècle à désigner ce genre littéraire qui hésite entre la Fantaisie, la Confession et les *Notes de voyage*, avec un accent d'hilarité fantasque.

Dans un seul *alinéa* de l'humouriste Charles Lamb, je rencontre les trois emplois suivants d'humour : *lubies*, *caprice*, *joyeuse humeur*. *Humour* a, évidemment, un quatrième, ou un millième sens, propre à l'écrivain dit humouriste. Car il ne signifie alors ni lubies, ni caprice, ni enjouement, tout en possédant un reflet de cette triple acception. Les Français ont presque exclusivement voué ce mot au service littéraire. Rarement l'appliquent-ils à l'auteur lui-même, à sa personne physique ou morale.

On définit encore au choix l'*humour* : une moquerie bienveillante, sérieuse et humaine; une préoccupation vive du droit et du bien-être universel, cachée sous le voile d'une résignation fataliste; une douleur endormie, une peine souriante; l'œil de l'âme ouvert à l'observation des détails de la vie, la fiévreuse indépendance d'un esprit réglé par nature; la douce tristesse du passé mêlée à l'étude inquiète du passé...

William Thackeray, dans ses *lectures*, prend les choses de haut :

« Si *humour* signifiait uniquement *le rire*, vous ne vous intéresseriez pas davantage aux écrivains humouristes qu'à la vie privée d'Arlequin..... L'écrivain humouriste a pour objet d'éveiller et de diriger votre amour, votre pitié, votre bonté; — votre mépris pour la fourberie et l'imposture. »

Excepté Hogarth, le seul humouriste, peut-être, dont l'œuvre contienne une leçon préméditée, je crois que l'instinct moralisateur attribué par Thackeray aux grands humouristes éclate surtout par le contraste de leurs œuvres avec les œuvres contemporaines : la leçon est presque toujours indirecte.

Ainsi, l'élégance et la sobriété d'Addison protesteront contre les débordements du théâtre de la Restauration, devenu, aux mains des Wycherley, des Congrève et des Farqhar, une étrange école de mœurs. Ainsi encore, l'honnête gaieté de Goldsmith tentera d'opposer une digue à l'envahissement définitif de la sentimentalité dans la comédie de son temps.

Nous l'avons dit déjà : humour n'est pas seulement un mot anglais, c'est une idée anglaise. Essayez donc de traduire ce mot si simple : *at home*, et cet autre mot si vulgaire : *comfort*.

On est frappé du soin extrême que montrent nos voisins à prévenir la confusion d'*humour* avec esprit. Ils ne manquent jamais de juxtaposer ces deux mots, et ils vont même jusqu'à les opposer l'un à l'autre.

Coleridge, dans les remarques trop sévères dont il poursuit Sterne, sépare nettement l'humour de l'esprit, de la fantaisie et de la drôlerie.

Pour nous, c'est le point de jonction du bon sens et de l'idéal, de la philosophie et du rêve, de l'analyse et de l'aspiration ; nous allions dire la plus haute, la plus féconde, et aussi la plus naturelle expression de la pensée humaine.

FIN DE L'HUMOUR.

www.ingramcontent.com/pod-product-compliance
Ingram Content Group UK Ltd.
Pitfield, Milton Keynes, MK11 3LW, UK
UKHW020356180726
13839UKWH00003B/1135